詩集

みずうみ

中山郁子

土曜美術社出版販売

詩集　みずうみ　＊目次

詩集　みずうみ

小綬鶏

山道をゆくと
チョットコイ　チョットコイと
呼ぶものがある
ふりむくと誰もいない
かまわずにずんずんゆくと
さらにけたたましい

急ぎの用事があるわけでもない
なすすべがないわけでもない

老親はすでに亡く
子供らは家を去り
犬は去り猫も去り
連れ合いが座敷に
つくねんと座っているだけで
そうは言っても　ついてゆく理由もないので
黙って歩く

かつて病むひとに
どうしたら
機嫌良くいられるか
どんなものを食べ
どんな本を読み
どんな音楽を聴いたらいいいか

と問われた
そんなこと
自分が決めることでしょう　と
憮然と席を立ってしまった

あのひとは私の背後で
コジュケイのように鳴いたかどうか

あれから時は　おびただしく流れ
今や私もわからない
何が一体したかったのか
私は誰と出会ったのか

夕暮れは迫り

今さら引き返すこともならず
ましてや　コジュケイに
ついてゆくわけにはいかないのだ

ベッドサイド

ややあって
スズラン　と
そのひとは言って
遠い目をした

話しかけても応えないひとに
好きな花を尋ねていた
南天の樹陰に一輪だけ咲いた
わたしの　スズラン

あれを明日持ってこようと思った

ちょっと起きてみましょうか　と
呼びかけると
起きたからって何になるの　と
スズランよりもなお白い顔に
不穏な光を湛えて気色ばんだ

スズランが咲くと　いつも思い出す
あのひとの　初夏

西域

長く生きていると
悲しいことがいっぱいあるでしょと
少年が言う
大きく　みひらかれた
つぶらな鹹湖から　あとからあとからあとから
涙がこぼれて
日向臭いシャツを濡らした

あろうことか

わたしはすぐさま　死んでみたくなった
少年の鹹湖があふれて
やがて干上がるまでを見たいと
そんなことを思った
自分に呆れた

五月の昼下がり
風に呼ばれて
少年は
虫捕り網を持って　川原に行った
シルクロードの
さまよえる湖
干上がると
楼蘭もまた滅びた

里芋の皮を剝きながら
そんなことを
不意に思った

セロリ

いつも布団をかぶって寝ていた
初めから居なかった人のように
傍らに立つと
はにかんだように起き直った
アンタ　スワッテ　と
言ってくれたが
座ってしまうと
言葉の高さが合わないような気がして
跪いた

中国残留孤児のNさん
ヤルコトナイ
ニホンゴムツカシイ
アンタイソガシイ
イッテイイヨ　と
目をしばたたいて　また
布団をかぶった

散歩に誘うと黙ってついて来て
公園を抜ける道の
廃屋に伸びた木の
赤く熟れた実を口に入れた
コレ　タベラレル

あれは何だったか
イチイだったか
忘れてしまった
道すがら
セロリを植えたことを話した
葉は立派だけど食べられないねと言うと
オイシイヨ
アブラデイタメテ　ショウユカケル
オイシイ　と
息せき切って答えた

帰宅してやってみたけど
やっぱり美味しくなかった
そう告げると初めて

声をあげて弾けるように笑った

椿

なつかしいのは
過ぎ去ったものではなく
過ぎ去らず
常に私とともにあるもの

道端に落ちている
夥しい赤い椿
拾わずにいられない
父の血

北国の遅い春の
ようやく花咲き極まった日
真っ白なシーツがみるみるうちに
血に染まって
鼻からも口からもどくどくと流れ
なすすべもなかった

死が近い人が入れられる
『椿』の部屋で
息道を血で塞がれて事切れた　と
一部始終　具《つぶさ》に見ていた
妹の二十歳

三寒四温

明日死んでしまうように懸命に
片づけを始めるひとの傍らで
永遠に生きるように
私は本を積みあげてゆく
読みあぐねては　サンサシオーンと
遠吠えする　フランス語は知らない
昨日三通の手紙が届いて
それが今日の唯一の私のアカルイ過去で
無聊を託つには

金吾堂157円の醤油煎餅を
バリバリと頂くのが
まことにうってつけである
あつあつの焙じ茶をすすって
春一番のゴウゴウと鳴る風の音を
聴いていると
もう夕暮れが近いと言うのに
薄青い空のかなたが変に明るい
春を待つという幸福が
残されているということを知る

詩人は皆年を取っている

青春って何？と
十歳が言う
ちょっとイキがって
「エッヘン　それは
抒情詩を産み出す力である」と
答えてはみたものの
詩人は皆年を取っている

かつて

「私は erected penis」と胸を張った詩人も
今や御年九十歳
しかしその詩は未だ若い

青春は年齢によらない　と
頭《こうべ》を上げて
詩を書く
志を書く
死を書く

砂塵はるかに興り
またたくまに去った私の
ポポーのように甘く苦い日々を
青春と呼んでいいのか　どうか

遠からず君も
はるかかなたから
何者かに呼ばれるだろう

君はあのサバンナの
しなやかな猫のように
風の音に耳を欹て
いっさんに駆けるだろう
それが何かを　知らぬまま

マーマレード

わたし
あなたがキライ
と　言ってしまった
すらりと背の高い
笑顔の美しいひとに
嫉妬していたのね　わたし

そう言い放つことが
自分に正直であるかのように
愚かにも思いつめて

陽の差さぬ浅い春の台所で
煮つまらないマーマレードが
いつまでも苦い

琥珀色の泡の中に　不意によみがえる
あのひとの
かすかにゆがんだくちびる

タカサブロウ*

ギシギシや
赤まま
スカンポや　毒ゼリの咲く
野辺の道に
静かに立っている

タカサブロウ

コスモスや向日葵

紫苑に見下ろされ
誰にも来ないでほしくて
咲いている

ケリやスズメ　カラスやムクドリに
フンをひっかけられ
セミやミミズやモグラのオシッコを浴び
湖のように光る
水田の照り返しを受けて
黙って立っている
田の草取りを終えた老婆が
汗と泥にまみれて
足を引きずりながら帰るのを
横目で見ている

野分が吹き
稲が黄金色の穂を揺らす時
ボロギクやハキダメギク
タンポポ
遠いダリア
兄弟の名を　そっと呼ぶ

タカサブロウは　誰にも呼ばれない
もうすぐ野辺は
何もかも深い雪に覆われ
しんと　静まりかえるだろう

春

おーい　タカサブロウ
待ち焦がれた風に
初めて呼ばれる

＊　キク科タカサブロウ　水田の雑草

アカシア

それは五月
故国では六月

アカシアはキライ　と
妹が言う

私は黙っている

妹の光景は　無論私にも見えている

それでも私は
アカシアが咲く日を待っている

裸の木が　光とともに
さみどりの楕円の葉をまとって
白い花房を揺する日を
産卵を控えた花虻のように
何度でもアカシアの廻りを巡りたい
それは五月
そして六月

花の言葉

二月の土の中はうるさい
芽ぶいたばかりの苗に
小さな名札を置いてゆく
それは恰も墓標のように
嫉妬《ジェラシー》　移り気　裏切り　気まぐれ
呪われた球根を深く埋めて
密会という種子をグラニュー糖のように
まぶす
スノードロップ　あなたの死を希う《こいねが》

それでもオキザリス　あなたを捨てない
瑠璃唐草　あなたを許す
そうは言ってもロベリアの悪意に満ちて
クロタネ草はとまどい
とりどりの金魚草のでしゃばり
水仙はすっくと立ち上がってうぬぼれ
忘れるな忘れるなと言って都忘れは地を這う
ともに死のうと言って
桑は枝を広げるのだが
ガマズミは無視したら死にますと口を噤む
溶け出した根雪の中から
ふきのとうが目覚める
処罰は行わなければならないと
口々に囁いて匕首を隠している

まっさらな晒
クロユリの呪い
マンサクの呪文
明るいのはマリーゴールドの絶望だけで
アカシアは死に勝る愛を称えて
健気にふるまっているのだが
あたくしの本当の名はハリエンジュと揺れる
しこうして漸く
待ちわびた春になるのだが
気まぐれな老人たちはすでに
生きることにあきあきしているのだ

草冠

淋しい　と言って泣く母が嫌いだった
深傷を負った山犬のように
語尾長く引いて泣いた

産まれる前から始まる軋轢
あなたに似すぎているがゆえの齟齬
薄い眉　一重まぶた　鼻の形　下ぶくれ
ずんぐりむっくり　気まぐれ
迷信とタブー　夢占い

ふるえるほど嫌いだった

母よ
あなたの禁忌の部屋を開け放ち
漆黒の闇を切り裂いて
私に向かって走って来る
夜汽車に飛び乗る
それが私の十代の夜毎の夢だった
だから
苺を食べることはいつだって苦しい
草の下に母がいるから
遠い昔　蛇苺を食べた事は誰にも話さない

あなたは私を叱った

日がな一日風に揺れるカーテンを
みつめるだけの私を
くる日もくる日も霏霏として降る雪に
見入っている私を
緑色の川面につぎつぎと消える雪を
中空で舞いながらふわりと消えてしまう
雪の結晶の精緻さに
あきれてみとれている私を
フクロウ
カッコウ
ブッポウソウ
名づければたちまちに顕れる
けものの臭いに満ちた闇を背負って
道に迷うことが好きだった私を

母よ
今私が心から安らぐのは
あなたがこの世にいないからです
蒔いたことのない花の種が
あなたの墓の巡りに満ち
私は初めてあなたと会う

沼守

沼を視ることがわたくしの仕事である
とろりとタールを流したような沼のほとりに
日がな一日座って視る

それは十分に昏いか
十分な深さを保つか
何もかも呑み込んで恬として恥じないか

漣は立ち

草の舟は走れよ
唐突に雲湧きあがり
書きかけの詩はうまれよ

わたくしは仔細に視る
背後にうっそうと迫る森はあるか
水草は繁茂しているか
沢瀉《おもだか》
河骨《こうほね》
未草《ひつじぐさ》の根は張っているか
水鳥を養う魚族《うろくず》はあるか
沼は沈めよ
ありとある汚穢
人声の呻き　騒《ぞめ》き

火のついたように泣き叫ぶ赤ん坊
赤錆びた自転車
郵便配達夫
十年日記　避妊具　於母影
割れた鏡

わたくしは沼を視る
カワセミの憩う長くつき出た枝
Penis Pencil Peninsula
接頭語は歌い
繰り返し回旋曲《ロンド》せよ

いつしか　たっぷりと
闇を戴いて　わたくしの洞に

背後　ひたひたと沼が満つるまで

草を毟る

草を毟ることが好きだ
草を毟ることは旅することと同じだ
草を毟りながら
あの日の遠野を思っている
胸が痛くなるまで海を嗅ぐ
桐の花とアカシアを嗅ぐ
獣の臭いを嗅ぐ
大蛇と鮫という名の駅を越えて
夜の森へ向かう

遠くに「セ・ラ・ヴィ」の灯りが見える
ふくろうが鳴いている
草を毟ることは誰かに見られることだ
この世には無いひとのまなざし
うずくまり
背中の重さを測りながら
思い出は尖ってゆく
草を毟ることが好きだ
はやばやと脳を見限り
手は正確に労働する
カタバミは許さない
オキザリスは許す
ヤブカラシは許さない
モジズリ許す

私もあるいは一本の苦い草かも知れぬ

わが名を呼びてたまわれ*
わが名を呼びてたまわれ
草を毟る
名を言いあてられて消えた物語の鬼
指先から草の種がこぼれる
遠くから誰か私を呼ぶ
春まっ先に咲く花の名前で

* 三好達治〈わが名を呼びて〉

豈図《あに》らんや

それきり会わなかったのに
今際の床で　会いたいと言った
四十年も会わなかったのに
わかるのだろうか

ぐれて家を出てからは
ただの一度も　思い出さなかった
ふらりと帰って来ては
母を泣かせ

父に小遣いをせびっては
また出て行った

上京する新幹線の車中で
見舞いの額を決めかねて
私は何度も車窓を見た

高校の古典の時間
豈図《あに》らんや　生きて再び会おうとは
と　咳《しわぶ》きつつ教師が声を張り上げた時
そうだ　兄　と
ただ一度心をかすめた
飛ぶように走る車窓の景色より早く

病み衰えて
小さくなっていた
母と同じ顔をしていた兄

レイン・リリー

刃物を研がせて下さい
ええ　何だっていいんです
ハサミでも包丁でも　と言う声がする
秋にしては暑すぎる夕暮れ
雨が降り始めていた
出て見ると　小さな老婆が立っている
水揚げされたカツオのような目を
しばたたき
幾度となく懇願する

その言いように胸を突かれ
すぐさま台所から包丁を取って来ようとして
束の間逡巡する
もしや胸に抱えて
雨の道で滑ったら……

見たことのない顔であった
病んでいるようには見えなかった
誰か他に頼む人があるだろうか
今夜食べることに事欠くということがあろうか
急激に小さくなる後ろ姿
ふと見ると庭の片隅に　雨を受けて
すっくと立っているレイン・リリー

みずうみ

少年と少女が落ちた　と言うので
巡視艇が　あわただしく走っていた
初めに少女が
後を追うように少年が沈んだと
通訳が早口に告げた
私たちは一瞬　顔を曇らせたが
すぐに何事もなかったように
ホットチョコレートを飲んだ
そして次に巡る街の話をして

波しぶきを浴びてはしゃいだ
塩の街《ザルツブルク》の遊覧船の
明るすぎるモーツァルト
風が秋を運んでいた

少年は宿題の書き取りをしている
ふいに顔を上げると
ボク　湖って書けるよ
まだ習っていないけどね　と言った
陽が沈もうとしていた

私たちは二度と
塩の街《ザルツブルク》を訪れることはないだろう
少年と少女は見つからないだろう

その昔
憂鬱な王を沈めて
静まりかえっていたみずうみ
私たちは小さなみやげ物店を
わけもなく巡りながら
とりどりに光る塩の壺を買った
夕闇が迫り　私たちは蛾のように歩いた

祝祭

殺さなければ生きることはなかった
我らの日にちのささやかな祝祭
朝星の輝きを仰いで起き
古い麦藁帽子を王冠のように戴き
裏の畑の虫を殺す

アザミウマ
ウリハムシ
ショウリョウバッタ

カミキリムシ
アワノメイガ
ふと　いつしか
やすやすと殺戮だけが目的となっている

しかし蚯蚓の仕事を讃え
蛆虫の働きを認めることは吝かではない
夕星に射抜かれて花の傍らに座る
日に三度食べることだけが
唯ひとつの祝祭と化した我らの日にち
目の前を光りながら
斑猫《はんみょう》が過《よ》ぎる
ああ　あれは　ミチオシエ……

物語

葛の花が咲きました
百日紅はまだ盛りです
萩の寺へ　ゆきましょうか

読みかけの本をめくるのは風です
詩稿未だ成らず

掃き溜められた落葉で
粥を炊こうか

（これはこれ
それはそれです）

きみは自転車に乗れない
わたしは　自転車にも乗れない

生きるのには物語がいるのです
愛恋ののち　蛇となった物語を
馬とまぐわった娘の物語を
ものがたり　ものぐるい
ものわすれ　ものわかれ

きみの憂鬱
わたしの洞

生涯を閉じるまで癒えるはずもない
深まりゆく秋の
本棚は本ばかり
さ庭べに千草

意味論

ゆきちゃんは　初めて会った人に
バイバイする
だからと言って　それは
さようならを　意味しない

りっちゃんは　キライ　と言って拗ねるが
オヤツがほしくないと言うことではない

I Love You を

月が青いと訳した明治の文豪

イヌイットの言葉で
イクトゥアルポク
誰か来ているのではないかと幾度も
外に出てみる
それは　さびしいと訳して
あながち　間違いとは言えない言葉

一歳に満たない赤ん坊が
広くなった空を指して
「あ、あ」と叫ぶのを
I have no money　no job　no problem と訳して
バリの若者は笑う

ホモ・ルーデンス（遊ぶ人）

ねえ
土に還るってどういうこと
ボクも土に還るの？
ボクはずっとボクでいたい
よみがえるってどういうこと
よみがえることがないなら
どうして言葉があるの
と聴く

緻密に張りめぐらされた
コガネグモの巣を
セージの枝先で執拗に破壊して
ねえ
どうして蜘蛛は
自分の網にかからないの？
と聴く

感嘆符と疑問符ではちきれんばかりになって
幼年は今日も
捕虫網を片手に走っている

カナリア坂

年老いた男が
カナリア坂を歩いてゆく
ガクリと首《こうべ》を垂れて
まるで首なしのようだ
と見るとスーパーの袋に
ずしりと重い首を提げている

衿首
手首

足首
乳首
私に連なる無数の首

たらちねの
ちちのみの
あらたまの
ぬばたま
かつて指折り数えて
首は詠まれた
などてすめろきは
ひとになりたまいし
と
歌うように叫んで　首は落ちた

首は落ちたか?!
首は落ちました

流言は今も時空を超えて飛び交い
五十年を経て
あのひとの首はやっと
私の胸に落ちた

午睡

少年が眠っている
昼下がりの地下鉄
しどけなく投げ出された
蚊トンボのような足に
ずり落ちそうに載っている
最果タヒの詩集『もぐ』

少年は　私を見ず
私も少年の顔を知らない

出会ったとは言い難いが
出会わなかったとも言えないだろう

遠い日の声のように
あの日頭上で炸裂し
影となって在り続けるひとのように

ウツの犬

銀色の鎖につながれたウツの犬よ
ひっそりと庭の片隅で
沼のような瞳をしてうずくまっている
少量の肉片と歳月に飼いならされ
待つという形になめされていったけもの
日ごと夜ごと癒やされることのない心に
抱かれる
黒く湿った鼻づらと
みずみずしい桃色の舌をおしあてられ

かすかにやわらかく湿ってくる
ココロという洞
食べ残しのビスケット　蝶の骸
夢のかけら
何もかも呑みこんで時に無意味な欠伸をする
何も知らないで饒舌でいる人の
たえまないくちびるのぬめり
朝の排泄の名残り
たちのぼる欲情をかぎまわり
生殖に与しないふぐりを揺らして駆け出す
待っていたけれど何も来なかった
少量の流血も
鈍色に光る匕首も
未熟児のような詩句すらも

ただ日常に疲弊した肉体をひきずり
片隅の闇に向かって犬の名を呼ぶ時
おまえもまた時代に飼われた
ウツの犬ではないかと
ささやいて過ぎて行った幻の犬を見たのみ

あとがき

用水路の彼方に空に向かって咲く桐の花を見た。なつかしさに駆られ傍へゆくと小綬鶏が驚いて飛び退った。
詩を書きたいと言う衝動は一体何なんでしょうねと友人が小さな声で言った。私はその人の詩集を読み終えた途端自分も作りたいという衝動につき動かされたのだった。この春も沢山の花と出会った。花の背後には無類の花好きがいる。私も未だ花狂いの中にあるのかもしれない。そしてその喜びは詩につながっている。この本を手にして下さった方々に心から感謝致します。

二〇二三年四月

中山郁子

著者略歴

中山郁子（なかやま・いくこ）

1953年　秋田県生まれ

詩集　1994年『補助線』
　　　2005年『挨拶』
　　　2017年『部首名』
　　　2020年『サンクチュアリ』
歌集　1996年『スパゲティ・シンドローム』

所属　「形」

詩集　みずうみ

発行　二〇二三年九月十日

著者　中山郁子
装丁　直井和夫
発行者　高木祐子
発行所　土曜美術社出版販売
〒162-0813　東京都新宿区東五軒町三―一〇
電話　〇三―五二二九―〇七三〇
FAX　〇三―五二二九―〇七三二
振替　〇〇一六〇―九―七五六九〇九
印刷・製本　モリモト印刷

ISBN978-4-8120-2801-8　C0092